능소화가 피면서
악기를 창가에 걸어둘 수 있게 되었다

능소화가 피면서
악기를 창가에 걸어둘 수 있게 되었다

안도현 시집

창비

차례

제 1 부

얼굴을 뵌 지 오래되었다

그릇

1

사기그릇 같은데 백년은 족히 넘었을 거라는 그릇을 하나
얻었다
국을 담아 밥상에 올릴 수도 없어서
둘레에 가만 입술을 대보았다

나는 둘레를 얻었고
그릇은 나를 얻었다

2

그릇에는 자잘한 빗금들이 서로 내통하듯 뻗어 있었다
빗금 사이에는 때가 끼어 있었다
빗금의 때가 그릇의 내부를 껴안고 있었다

버릴 수 없는 내 허물이
나라는 그릇이란 걸 알게 되었다
그동안 금이 가 있었는데 나는 멀쩡한 것처럼 행세했다

수치에 대하여

나는 집을 접었다가 폈다 한 적이 없었다

나는 아침마다 물가로 나가 집의 부리에 물을 먹여준 적이 없었다

나는 찔레나무 *끄트머리*를 집이라고 생각한 적이 없었다

나는 천막을 집으로 여기고 잠을 청한 적이 없었다

나는 가끔이라도 겨드랑이에 가구를 들이지 않은 적이 없었다

나는 대열에서 이탈해 스스로 무덤이 되어본 적이 없었다

나는 한번도 공허 속으로 홀연히 사라진 적이 없었다

당하

길을 잘못 들어 당하, 들어갈 뻔하였다

어느 집 처마 아래로 햇볕이 싸묵싸묵 드나드는 게 보였다

차를 멈추고 마을 안쪽이 어디일까 잠깐 살펴보았다 당하, 그 순간이 내게는 꽤나 진지한 응시라고 할 수도 있었겠다 하지만 나는 너의 바깥일 뿐이었지

딩아 돌하 가는 모래 벼랑에, 너는 벼랑처럼 막아섰고, 구운 밤 다섯되를 심어서, 나는 호미로 땅을 팠고, 그 밤이 움이 돋아 싹이 터야만, 눈 내리는 밤이 살갗으로 지나가야만 너에게 닿으려니 하였다

당하에서도 누구나 생일상을 받고 부의 봉투를 쓰고 교미를 하고 가보고 싶은 곳 다 못 가보고 살았겠지 가려니 생각지도 않은 곳을 가볼 때도 있었겠지

차창을 닫고 당하, 당하, 혼자서 소리를 내보았다 집 아래, 집 아래, 빗물이 모이는 골짜기와 하체가 서늘한 고랑들

너에게 아주 오래된 거울 하나를 쥐여줄까 당하, 그 거울
속으로 들어가 석삼년 녹슬면서 기다릴 거라고 말할까 당
하, 내처 달릴까 당하,

물까치들이 울음소리를 찍어 바르던 풀숲 가에서 따라 울
던 바람

우리는 서로를 통과할 수 없는 바깥이라는 걸 그때는 알
지 못하였다

쉽게 내릴 수 없어서
아무것도 몰라도 다 아는 것 같아서

한가운데가 아니고 내가 너의 변두리쯤이어서 들어가지
못해서 좋았던 당하

연못을 들이다

마당에 연못을 들이는 일은 궁금하기 짝이 없는 일이었지요 내 안에 당신을 들이는 일처럼 나는 그 넓이를 헤아릴 수 없었어요 뒷짐을 지고 몇날 며칠 소금쟁이 물을 짚듯 혼자 맴돌았지요

포클레인 기사가 와서 흙무더기를 퍼내고 나서야 가까스로 허공이 땅속에 숨어 있었다는 걸 알았고요 내가 발자국 새기며 걷던 자리가 바로 허공의 둘레였다는 것도 뒤늦게 알았지요 그 둘레는 하물며 날카로웠어요

움푹 팬 못의 깊이를 무어라 할까요 반지하 셋방의 도배풀 마르기를 기다리는 오후 한때 같다고나 할까요 때로는 음흉하게 때로는 느긋하게 남의 집 문전을 들락거리는 건달의 겨드랑이 같다고나 할까요 이 깊이에 물을 불러들이는 궁리를 하는 동안 연못의 수위는 금세 허벅지까지 오르더군요

텅 빈, 연못도 아닌 허공이 마른입을 내밀고 얼마나 젖을 빨고 싶어 하는지, 머잖아 좌우의 골짜기가 소란스럽게, 어느 때는 유치원생처럼 칭얼거리며 물소리를 내려보내고 싶어 하는지 나는 생각해보고 또 생각해보았지요 당신이 내게 괴어 오듯이 물이 오면 나는 못물이 어디서 왔는지 그가 살던 골짜기의 주소라도 귀띔해달라고 보채기도 할 겁니다만

당(塘)이든 방축(防築)이든 지당(池塘)이든 이름은 그 무엇이라도 심상한 것이지요 내가 따로 기별하지 않아도 개구리도 물방개도 우렁이도 올 것이며 박새도 어치도 직박구리도 돌미나리도 부들도 피는 꽃도 지는 잎도 쉬러 올 것이며 어쩌다 바람이 바리깡을 들고 와 수면의 머리를 파랗게 깎아주고 가는 가을도 오겠지요

　누구나 흉중에 언덕과 골짜기와 연못의 심상이 있을 겁니다만 그동안 고심이 깊어 나한테 그 어떤 선물 한번 하지 않고 살았어요 당신의 숨소리를 받아 내 호흡으로 삼을 수 있다면 세상의 풍문에 귀를 닫고 실로 슬프지도 기쁘지도 않게 찰랑거릴 수 있다면 나는 그걸 연못의 감정이라고 부를까 해요

꽃밭의 경계

꽃밭을 일구려고 괭이로 땅의 이마를 때리다가
날 끝에 불꽃이 울던 저녁도 있었어라

꽃밭과 꽃밭 아닌 것의 경계로 삼으려고 돌을 주우러 다
닐 때

계곡이 나타나면 차를 세우고 공사장을 지나갈 때면 목
빼고 기웃거리고 쓰러지는 남의 집 됫박만 한 주춧돌에도
눈독을 들였어라

물 댄 논에 로터리 치는 트랙터 지나갈 때 그 뒤를 경중경
중 좇는 백로의 눈처럼 눈알을 희번덕거렸어라

꽃밭에 심을 것들을 궁리하는 일보다 꽃밭의 경계를 먼저
생각하고 돌의 크기와 모양새부터 가늠하는 내 심사가 한심
하였어라

하지만 좋았어라 돌을 주워들 때의 행색이야 손바닥 붉은
장갑이지만 이 또한 꽃을 옮기는 일과도 같아서 나는 한동
안 아득하기도 하였어라

그렇다면 한낱 돌덩이가 꽃이라면 돌덩이로 가득한 이 세
상은 꽃밭인 것인데 거기에까지 생각이 다다르자 아무 욕심
이 없어졌어라

나와 나 아닌 것들의 경계를 짓고 여기와 여기 아닌 것들의 경계를 가르는 일을 돌로 누를 줄 모르고 살아왔어라

　꽃밭과 꽃밭 아닌 것의 경계는 다 소용없는 것이기는 하지만
　경계를 그은 다음에 꽃밭 치장에 나서는 것도 나쁘지 않은 일이라고 결론을 내렸어라

편지

　남쪽 끄트머리 해안이 보이는 언덕에 차를 세우고 무작정 매화꽃이 핀 비탈로 들어갔습니다 매화나무들은 한창 꽃 생산이 활발해서 천개의 마을과 만개의 골짜기에 일일이 신방(新房)을 들였습니다 이 마을은 인구가 조밀하고 물자가 창고마다 쌓여 있어서 벌과 벌레와 새 들이 상해나 서울과 같은 큰 도회지를 찾아온 듯하였습니다 나는 매화나무들이 경영하는 나라의 신민(臣民)으로 등재되기를 바랐습니다

　내 이마 높이쯤에서 바다는 어린 날 오후의 치통처럼 칭얼대었습니다 바다는 매화나무의 가랑이 사이로 들락거렸고, 그래서 마치 내 마른 허벅지에 물때가 오르는 것 같았습니다 나는 그때 매화꽃들이 괴로워하는 소리를 들었습니다 내 입술로 꽃잎을 받는 일은 매화나무의 신체를 받는 일이었습니다 매화나무는 낙화의 시절을 알면서도 참으로 괴롭게 일생을 꿰매어 한땀 한땀 나뭇가지에 내걸었던 것입니다 서러워할 것들이 많은 매화나무의 발등에 적설량이 늘었습니다

　이런 날이 올 줄 몰랐습니다 누님, 누님이 위독하다는 소식이 봄날의 화유(花遊)였으면 했습니다 누님의 위독한 증세는 매화나무로 이주하여 매화꽃은 배 속에 큰 병을 얻었

습니다 울지도 못하고 꽃이 피었다가 무너지고 있습니다 죽음은 한차례도 닿지 못한 누님의 내해(內海) 같아서, 살고 죽는 일이 허공에 매화무늬 도배지를 바르는 일과도 같아서

나도 길에서 벗어나 바다에 주저앉고 싶었습니다 수평선을 바라보는 일이 나의 직업이라고 약력에 쓰고 싶었습니다 그러나 완성하지 못한 숙제는 출근처럼 아득하였습니다 저기, 저기 좀 보십시오 누님의 치마폭을 닮은 꽃그늘이 일렁이고 있습니다 밟고 다닌 모든 길을 착착 접어보면서 바다는 파도, 파도,라는 소리를 내고 있습니다 매일 해변에 자신을 버리면서 평생 자신을 적재하는 바다에 이르려면 누님, 아직은 캄캄해질 때가 아닙니다

이 세상의 암향(暗香)을 편지에 첨부하여 보냅니다 내년 봄, 매화꽃이 처녀와도 같이 자지러질 때, 밤길에 연애하러 갈 때 써보기를 바랍니다

호미

　호미 한자루를 사면서 농업에 대한 지식을 장악했다고 착각한 적이 있었다

　안쪽으로 휘어져 바깥쪽으로 뻗지는 못하고 안쪽으로만 날을 세우고

　서너평을 나는 농사라고 했는데
　호미는 땅에 콕콕 점을 찍으며 살았다고 말했다

　불이 호미를 구부렸다는 걸 나는 당최 알지 못했다
　나는 호미 자루를 잡고 세상을 깊이 사랑한다고 생각했다

　너른 대지의 허벅지를 물어뜯거나 물길의 방향을 틀어 돌려세우는 일에 종사하지 못했다
　그것은 호미도 나도 가끔 외로웠다는 뜻도 된다
　다만 한철 상추밭이 푸르렀다는 것, 부추꽃이 오종종했다는 것은 오래 기억해둘 일이다

　호미는 불에 달구어질 때부터 자신을 녹이거나 오그려 겸

손하게 내면을 다스렸을 것이다
　날 끝으로 더이상 뻗어나가지 않으려고 간신히 참으면서

　서리 내린 파밭에서 대파가 고개를 꺾는 입동 무렵

　이 구부정한 도구로 못된 풀들의 정강이를 후려치고 아이
들을 키운 여자들이 있다
　헛간 시렁에 얹힌 호미처럼 허리 구부리고 밥을 먹는

배차적

평생 사내 등짝 하나 뒤집지 못한 여자가 마당 돌덩이 화
덕에 솥뚜껑을 뒤집어놓는 날, 잔칫날이었지 불을 지피면
바삭바삭 엎드려 울던 잘 마른 콩깍지

속구배이 어구신 배추는 칼등으로 툭툭 쳐 숨을 죽여야
된다 호통치는 소리, 배차적을 부쳤지 가련한 속을 모르는
참 가련한 생을 가지런하게 뒤집었지 돼지기름 끓는 솥뚜껑
위에

배추전이 아니라 배차적,
달사무리하고 얄시리한 슬픔 같은 거

산등성이로 전쟁이 지나가는 동안 아랫도리 화끈거리던
밤은 돌아오지 않았고

멀건 밀가루 반죽이 많이 들어가면 성화를 내던 들판들,
무른 길들을 죽죽 찢어 먹던 산맥들, 고욤나무 곁가지 같던
손가락들

이마의 땀방울을 받아먹던 사그라지는 검불의 눈이 그래도 곱던 시절이 있었니더 아지매는 아니껴?

제삿날에는 퉁퉁 부은 눈덩이로 썰어 먹던 배차적, 여자는 무꾸국처럼 하얘졌지

울진 영덕 봉화 영양 청송 영주 안동 예천 의성 문경 상주
가가호호 배차적 냄새가 송충이처럼 스멀스멀 콧등을 기어갔지

안동

매화는 방 안에서 피고
바깥에는 눈이 내리고
어머니는 쪼그리고 앉아 있었다

나는 바닥에 엎드려 시를 읽고 있었다
누이야, 이렇게 시작하는 시를 한편 쓰면
어머니가 좋아하실 것 같았다
가출한 아버지는 삼십년 넘게 돌아오지 않았고
그래서 어머니는 딸을 낳지 못했다

아내는 무채를 썰고 있었다
도마 위로 눈 내리시는 소리가 들렸다
나는 무생채와 들기름으로 볶은 뭇국을 좋아했다

매화는 무릎이 시큰거린다고 했다
동생들은 관절염에는 수술이 최고라고 말했고
저릿저릿한 형광등이 매화의 환부를 내려다보았고
환부가 우리를 키웠다는 데 모두 동의했다

누이야, 이렇게 시작하는 시를 쓰면
우리 애들과 조카들이 좋아할 것 같았다
고모가 생겼으니 고모부도 생기고
고종사촌도 생기니 좋을 것 같았다
그러나 어머니는 자궁을 꺼내 내다버렸고
시는 한줄도 내게 오지 않았다

저녁이 절룩거리며 오고 있었다
술상에는 소고기육회와 문어숙회가 차려졌고
우리는 소주를 어두운 배 속으로 삼켰다
폐허가 온전한 거처였다
누구도 폐허에서 빠져나가지 않았다

안동시 평화동 낡은 아파트 베란다 바깥으로
쉬지 않고 눈이 내리고 있었다

환한 사무실

전주 관통로 대홍정판사 오층 옥상에 있던
1.5평짜리 창고를 얻어 사무실로 쓸 요량이었다
비가 오면 콘크리트 바닥으로 물이 기어들어 신발
밑창이 잠방거리고 출입문을 닫으면 한밤중처럼
캄캄해지는 곳, 1990년대 초반 나는 해직교사였고
매일 전교조 사무실에 나가는 일도 따분한
동어반복 같아서 전북민족문학인협의회 사무실
간판 하나 달아놓고 혼자 빈둥거려볼 참이었다
브리태니커 세계대백과사전을 팔러 오는 이도
있었고 술 사주러 오는 회원도 있었고
술값 뜯으러 오는 놈도 있었다 새날서점이라는
사회과학서점의 주인이었던 박배엽 형은
바둑을 두거나 목수로서의 실력을 입으로
과시하기 위해 자주 사무실에 출몰하였는데 하루는
사무실 벽에 창을 하나 내자는 제안을 내놓았다
서쪽으로 향한 벽에 창문을 달면 늦은 오후의 햇살이
사무실로 들어올 테고 나는 두 손으로 그 볕을
받아야지, 나는 그의 지시에 따라 시멘트와
모래를 구해 옥상까지 어깨에 지고 날랐다 이틀이

걸렸고 한여름이었다 해머로 벽을 두드려 깨는
일은 박배엽 형이 맡았다 사흘이 걸렸다 유리가
끼워진 창문을 사 오는 데 또 사흘이 걸렸다
마지막으로 창틀을 다는 날이었다 나무 창틀을
끼우고 빈 테두리에 시멘트 반죽을 채워 넣는 그의
손놀림을 보며 나는 예수의 아버지를 떠올렸다
개 같은 세상에도 어떤 신성이 창문을 달고 있는 것
같았다 창틀에 창문을 끼우면서 그가 탄식하는
소리가 들렸다 이거 어쩐다냐 자물쇠가 안으로 와야
하는데 밖에서 잠글 수밖에 없네 창틀을 거꾸로 달아
안과 밖이 바뀌어버린 것이었다 나는 그때부터
비좁고 눅눅하고 누추한 세상에서 빠져나와 환한
사무실 문을 따고 출근하는 사람이 되었던 것이었다

삼례에서 전주까지

만경강 둑길로 퇴근하는 중이었다

오른쪽 논에 가을이 와서 어둑어둑해질 때였다

나는 저녁에 왕새우나 구워 먹었으면 좋겠다고 생각하고
있었다

그때 새 두마리가 논바닥에서 날아올라 느닷없이 차창을
향해 슬로우, 슬로우, 슬로우 다가오고 있었다

새가 자신의 이름을 밝힐 리가 없었다

검은 새였다

제법 몸집이 컸고 아무 일 아니라는 듯이 다가오고 있었다

나는 시속 사십 킬로미터였고 속도의 측면은 유리창이었다

순식간에 브레이크를 밟았다 패스트, 패스트, 패스트

아슬아슬하게 차는 급정거했고 세상에 새하고 부딪치다
니 하고 나는 내 인생을 걱정했다

노을이 차창을 깨뜨리고 피를 흘리며 죽었을 거라고

나는 그동안 얼마나 많은 나비와 잠자리를 들이받았던가
생각했다

백미러 밖으로 검은 새 두마리의 그림자가 빠져나가고 있
었다

그들도 식겁해 별안간 날개를 몸에 붙이고 물갈퀴를 그러

모으고 소름 돋는 몸을 급히 단단하게 돌돌 말았을 것이었다
  새들은 물가 쪽으로 간신히 날아가 안착하는 것 같았다
  새들의 발목과 저녁 식사와 이부자리를 생각하는 동안
  날은 어두워지고 있었다
  나는 결론을 내렸다 그 검은 새하고 부딪쳐서
  미련한 차가 강둑 아래로 구르는 저녁이 왔어야 했다

너머

전주를 떠야겠다고 생각한 이후
아직 쓰지 못한 것들의 목록을 적었다
뚝 너머,라고 부르지만
둑 너머,라고 쓰면 거기가 아닌 것 같은 거기

1914년 철길이 놓인 이후
철둑이 생겼고 철둑 너머를 둑 너머,라고 불렀겠지
너머, 꾀죄죄한 여기가 아닌 거기,
너머, 여기에 없는 게 반드시 있는 거기,
너머, 갔다 왔으나 갔다 왔다고 말하는 사람 없는 거기,
너머, 어제 지나칠 때 걸음이 빨라지던 거기

너머를 넘는 일은
어두워져야 가능했어
밤새 객실 칸칸마다 홍등을 달아놓은 유람선 같았지
어깨 낮추고 바지에 손 찔러 넣고 귓등에 싸락눈 받으며
사내들이 돌아오던 저녁이 있었어

청춘의 고해소,

밤의 푸줏간,

어둡고 우울한 꽃밭,

그런 한가한 비유의 시절은 갔다

지금 전라선 기차는 지붕을 타고 달리지 않는다

전주역 자리에 전주시청이 들어선 이후에도

아직 유람선은 출항하지 않고 있다

포구에서, 길들이 흘러들어와

바다에 처음 발을 담그는 거기에서

시 창작 강의

고등학교 시절 문예반 선배들이 말했죠
고독한 체하지 마라 고독에 대해 쓰지 마라 제발 고독이
라는 말을 시에다 쓰지 마라

나는 사십년 넘게 고독을 피해 다녔죠 고독이 다가오면
앞발로 걷어차버렸고 강가에 갔을 때는 얼음장을 강물에 던
져버렸죠 얼음에 살을 베인 교각이 울더군요

고독하지 않기 위해 출근을 했고 밥이 오면 숟가락을 들
었죠 강연 요청이 오면 기차를 타고 갔고 어제는 대통령선
거를 도왔어요 오늘은 다초점렌즈를 바꾸러 안경점에 갔고
요 오래 읽지 못한 시집 세권과 문예지 열댓권을 새벽에 읽
었어요

멀리 피하면 금세 따라붙고 고개를 돌리면 얼굴이 바뀌
더군요 고독한 상점들 앞에서 멧돼지가 트럭을 들이받은
거 메모해두세요 고독하지 않으려고 간판을 내다 걸었다는
것도

흰 종이를 들여다보느라 밤을 하얗게 새웠죠 나는 눈발이 거리를 걸어다니는 것도 모르고

이제 좀 고독해져도 좋겠다는 생각이 드네요 손아귀 안의 새를 놓아주듯이 나를 풀어주는 거죠 고독하게 허공을 밟고 가는 새처럼 구름으로 밥을 말아 먹는 연기처럼

당분간 전화는 하지 말아주세요 고독해질 때까지
나는 점점 고독이 그리워져요 내게는 고독한 날이 오지 않아요

고모

안분례(安粉禮) 첫째 고모는 1915년 을묘생이다. 1942년 임오년에 돌아가셨다. 예천군 호명면 직산리 사는 김용암의 첫 부인이 다홍치마를 입고 돌아가신 뒤 재취로 들어갔다. 첫아들 근식을 낳은 고모는 둘째를 낳고 화병으로 돌아가셨다고 한다. 어느날 보리방아를 찧다가 아이 울음소리가 나서 보니 개가 아들의 불알을 뜯어 먹어서 숨을 거두고 말았다. 고모부가 그 개를 두드려 패서 죽이니 개가 아들의 불알을 토해냈고, 고모는 그때 병을 얻어 앓다가 돌아가셨다. 동네 산 건너 장녀불이란 곳에서 기름을 부어 화장을 했는데 그 연기와 그을음이 동네에서 보였다고 한다. 내가 아주 어릴 적에 근식이 형님의 부인이 나를 도련님 하고 불렀는데, 나는 왠지 좋아서 얼굴도 모르는 고모를 만나는 것 같았다.

둘째 고모 안분선(安粉先)은 1918년 무오생이다. 호명면 담암리 장태규에게 시집을 가서 4남 4녀를 얻었다. 우리는 담바우고모라 불렀다. 택호는 다마코 어마이라 했다. 일제 강점기 고모부가 일본에서 막노동 생활을 할 때 낳은 큰딸의 이름이 다마코였다. 해방 직전에 귀국한 고모부는 말을 크게 더듬고 술을 매우 좋아하였다. 가끔 처가에 올 때 족제비 틀을 가지고 와서 족제비를 잡았다고 한다. 족제비 털은 꼬리로 붓을 만들고 목도리를 만들기도 해서 고가에 팔렸다. 장남 순현이 형님이 경운기를 몰다가 경북선 열차와 부딪쳐 하반신마비의 장애인이 되어 방에 드러누운 뒤부터 고모는 평생을 아들 병 바라지하고 농사를 짓다가 몇년 전에 돌아가셨다. 고모의 눈매는 우리 할머니를 빼닮았다.

셋째 고모 안분옥(安粉玉)은 1923년 계해생이다. 예천 상리 쪽 관대원 사는 김상태에게 시집을 갔다. 우리는 재달고모라 불렀는데 택호는 소망실댁이었다고 한다. 어릴 때 홍역을 앓았다 하고, 말을 할 때마다 눈가에 눈물이 잦았다. 고모부는 집안 형편이 어려워 예전엔 속옷 한벌 제대로 없었으나 품성이 좋아 처가에 오면 무슨 일이든 앞나서 거들었다고 한다. 슬하에 3남 2녀가 있는데, 대전에 사는 맏이 길수 형님의 얼굴에 우리 큰아버지와 아버지의 얼굴이 그대로 들어 있다.

넷째 고모 안금분(安今粉)은 1929년생 기사생이다. 우리는 논실고모라 불렀는데 고모부 이두형의 첫 부인 택호를 이

어받아 마을에서는 수곡댁이로 불렸다고 한다. 고모는 안동 풍산읍 하리 최씨 집안으로 처음 시집을 갔는데 신랑은 안동에서 고등학교를 다녔다고 한다. 6·25전쟁이 터지자 신랑은 월북한 뒤로 집으로 돌아오지 않았다. 고모는 시댁에서 남편도 없이 삼년 시집살이를 하였다. 결국 친정으로 돌아온 고모는 혼수로 가져갔던 무명 이불과 옷가지들을 풀어서 할머니와 무명베를 짜서 팔기도 했고, 길쌈을 누구보다 잘했다고 한다. 이후 논실 동네 부자이며 이장인 고모부가 동생을 시켜 큰아버지에게 혼인을 청했다. 고모부는 첫 부인이 있었으나 딸만 둘을 낳아서 소박을 놓았다고 한다. 고모는 슬하에 4남 3녀를 두었고, 현재 치매를 앓고 있어 가끔 찾아뵐 때마다 내가 할 수 있는 일은 십만원쯤 용돈을 쥐여드리는 일뿐이다. 논실고모네 석감주는 정말 입에 착착 달라붙었다.

다섯째 막내 고모 안음전(安音傳)은 1932년 임신생이다. 예천 보문면 편달 윤종영에게 시집을 가서 편달고모라 불렀다. 택호는 파평 윤씨 집성촌에서 지산댁으로 불렸다고 한다. 고모부 댁은 나락을 해마다 예순석 넘게 생산할 정도로 집안이 넉넉했고, 이장을 오래 맡던 고모부는 처가의 대소사에 오면 불콰한 얼굴로 일을 잘 거들었다. 우리 아버지 돌아가셨을 때 상여도 살피고 만장 쓰는 일도 손수 하였다. 고모는 슬하에 3남 5녀를 두었으나 둘째 아들이 고등학생 때 내성천에서 익사하고 말아 그 한을 평생 품고 살았다. 지금은 딸 둘이 교사 생활을 하고 있다. 꼬부랑 할머니가 다 되셨다는데 얼굴을 뵌 지 오래되었다.

임홍교 여사 약전

1939년 일본 구로사키에서 조선인 노무자 임돌암과 최도홍 사이 4남 1녀 중 둘째로 태어났다.

1942년(4세) 인형을 들고 한장의 사진을 찍었다. 그때 친구들이 '고코짱 아소부야(홍교야 놀자)'라고 불렀다.

1945년(7세) 해방이 되어 귀국해 경북 예천군 호명면에서 살기 시작하였다.

1947년(9세) 남동생 임희상이 태어났다.

1950년(12세) 인포국민학교에 입학하였다. 교가를 기억하고 있고 부를 줄 안다. 6·25전쟁이 터져 안동 풍천면 갈밭으로 피란을 갔다. '김일성 장군의 노래'도 기억하고 있다.

1953년(15세) 쌍둥이 동생 임직상과 임택상이 태어났다. 어머니를 도와 둘을 업어 키웠다. 친정어머니는 쌍둥이 중 유독 직상이만 좋아하였고, 택상이는 항상 누나 차지였다. 이 무렵 이마가 동그랗게 튀어나와 '다마네기'라는 별명을 얻었다.

1958년(20세) 호명면 황지리 소망실에 사는 다섯살 위 청년 안오성과 혼인하였다. 친정에서 맞선을 보면서 예천농고 출신 신랑 얼굴은 보지도 못하였고, 키가 훤칠하게 크다는 것만 알았다. 친정에서 혼인하는 날 기념사진을 찍으면서 신랑과 신부의 키 차이가 많이 나자 사진사가 마루 밑에서 썰매를 가져와 신부에게 올라서게 하였다. 그 이후 동네에서는 "안실이는 시게또 타고 시집갔다"는 우스갯소리가 퍼졌다. 첫날밤은 만취된 신랑, 동네 사람들의 문구멍 엿보기, 문구멍으로 연기 넣기 등으로 합방을 이루지 못하였다. 혼인 후 사흘 만에 신랑은 군대에 갔다.

1959년(21세) 친정에서 일년 묵고 가마를 타고 묵신행으로 시댁에 갔다. 가마에는 큰 방짜 놋요강에 찹쌀과 계란을 넣고 갔다. 시댁에 도착할 즈음, 이웃 동네 아주머니는 "색시는 온다마는 신랑이 어제저녁까지도 안 와서 어예노?" 하며 걱정을 하였다. 신부를 맞기 위해 부산의 군부대에서 특별휴가를 나온 신랑은 안동역에서 예천 본가까지 25킬로미터에 이르는 길을 걸어서 새벽에 도착하였다. 시댁에 도착한 가마의 문을 신랑이 열고 신부를 맞이하였다. 이틀을 묵고 신랑은 다시 군대에 복귀하였다. 남편도 없는 시집살이를 시작하였다.

1960년(22세) 세 동서가 모여 바랑골에 밭매러 다녔다. 큰 동서는 춤을 잘 추었고, 둘째 동서는 노래를 잘했다. 새 색시는 그냥 웃고 박수를 쳤다. 시댁에서는 주로 삼시 세때 밥하고 조카들 돌보는 일을 맡았다. 신랑이 제대하고도 이년 가까이 시댁에서 살았다.

1961년(23세) 큰아들 도현이 태어났다.

1962년(24세) 안동 풍산면으로 분가해 나왔다. 풍산 들에 물려받은 작은 논이 있었다. 풍산에서는 농협 바로 옆 사진관집에 세를 들어 식료품을 파는 잡화상을 열었다. 가게 이름은 '해정상회'였다. 남편은 '갈매기옥' 등의 술집을 자주 드나들었다.

1963년(25세) 둘째 아들 제현이 태어났다.

1967년(29세) 셋째 아들 태현이 태어났다. 해마다 낙동강이 넘쳐 홍수가 났고, 들과 신작로가 물에 잠기면 남편은 가게 앞 도랑에서 물고기를 잡았다. 남편이 잡은 민물장어는 가게 앞에 쌓아놓은 수박 사이로 기어들어갔다.

1971년(33세) 대통령선거에서 남편은 김대중, 본인은 박정희에 투표하였다. 남편은 전파상에서 라디오를 빌려 와 밤새 개표 방송을 청취하였다.

1972년(34세) 넷째 아들 준현이 태어났다. 이미 혼인할 때 궁합을 본 시어머니는 손이 귀한 집에 오형제가 태어날 것이라고 하였다. 이때 단산을 하지 않았으면 정말 오형제가 태어났을지도 모른다.

1973년(35세) 3월 국민학교 6학년 큰아들을 대구로 유학을 보냈다. 사촌 홍기의 자취방에 얹혀살게 한 것이다. 생활비로 한달에 이천원 정도 우체국 소액환을 보냈다. 가게는 장사가 변변치 않았고, 남편은 땅을 얻어 수박 농사를 짓거나 사과를 트럭에 싣고 원주나 묵호까지 가서 팔았다.

1974년(36세) 경기도 여주군 흥천면 대당리 방죽으로 이사를 갔다. 처음에는 땅 한평도 없이 남의 땅을 도지 내어 수박 농사와 배추 농사를 지었다. 농사짓느라 새까매진 얼굴에 몸빼바지의 촌부로 젊음을 바쳤다. 특수작물 농사는 겨울 비닐하우스 파종부터 일년 내내 쉴 틈이 없었다. 일은 그나름대로 보람이 있어 땅도 조금 소유하게 되고, 남편의 수박밭에 큰 종묘사의 사보 기자와 유명 텔런트가 찾아와 함께 사진이 실리기도 하였다.

1981년(43세) 남편이 서울대병원에서 간암 말기 판정을 받았다. 시아주버니가 죽어도 고향에서 죽어야 한다며 예천으로 데려갔고, 음력 7월 5일 삼복더위에 숨을 거두었다. 아들 넷이 모두 대학생부터 국민학생까지 학생이었다. 남편이 심은 벼를 거두어 추석 제사를 지냈다.

1983년(45세) 남편 없이 아이들과 함께 안동으로 돌아왔다. 태화동 집이 골목 끝에 있었으므로 지인들이 '골목집'이라는 별호로 불렸다. 이때부터 십여년 동안 생활비와 자식들의 학비를 마련하기 위해 식당 주방보조, 파출부 등 잡일을 닥치는 대로 하였다.

  1984년(46세) 큰며느리 박성란을 보았다. 친정어머니에게 며느리가 전라도 사람이 아니라 서울 사람이라고 거짓으로 고하였다. 장손녀 유경이 태어났다.

  1989년(51세) 큰아들이 전교조에 가입해 해직된 사실을 시아주버니를 비롯한 집안 어른들에게 몇년 동안 철저하게 숨겼다.

  1990년(52세) 큰손자 민석이 태어났다. 민석은 이후 명절 때 안동에 왔다가 전주로 돌아갈 때면 할머니와 헤어지는 게 서운해 매번 서글프게 울었다. 같이 울었다.

  1992년(54세) 둘째 며느리 박진희를 보았다.

  1993년(55세) 손자 문수가 태어났다.

  1997년(59세) 김대중 후보가 대통령에 당선되어 몹시 기뻤다. "너 아부지가 알면 얼마나 좋아했을꼬" 하였다.

  1999년(61세) 셋째 며느리 오선화를 보았다.

2000년(62세) 손자 진형이 태어났다. 큰아들과 금강산을 여행하였다.

2001년(63세) 손자 진욱이 태어났다. 큰며느리가 아이들 유학 뒷바라지를 위해 중국에 간 사이 큰아들 밥을 해주느라 거의 이년을 전주에 머물렀다. 아파트 경로당에서 전라도 친구들을 두루 사귀었다. 이때 꼴뚜기를 무와 양념으로 무쳐 먹는 법을 배웠다.

2002년(64세) 익산 사돈과 함께 태국을 여행하였다.

2003년(65세) 손녀가 북경대에 합격하였다는 말을 듣고 꼬불쳐둔 백만원을 쥐여주었다. 가족들과 북경과 백두산을 여행하였다.

2004년(66세) 온 가족이 제주도를 여행하였다.

2005년(67세) 넷째 며느리 양정숙을 보았다.

2007년(69세) 손자 민혁이 태어났다. 사돈과 함께 일본을 여행하였다. 초봄에 온 가족이 남해 일대를 여행하였다.

2008년(70세) 칠순을 맞았다. 서울, 대구, 전주 등지에서 온 축하객들에게 문어숙회와 숯불 고등어구이를 내놓았다. 자식들이 「안씨연대기」라는 타블로이드판 가족신문을 만들었다. 예천 보문면 오암리에 못자리로 쓸 밭을 매입해서 좋아하였다.

2012년(74세) 손녀 민서가 태어났다.

2014년(76세) 수원에서 무릎관절염 수술을 받았다.

2016년(78세) 온 가족이 상해를 여행하였다.

2018년(80세) 손녀 유경의 결혼을 앞두고 현금 천만원을 내밀어 온 가족을 울게 만들었다. 가족 이외에는 뭘 나눠주는 데 매우 인색하였다. 안동에서 팔순 잔치를 열었다.

2019년(81세) 8월 용궁면에서 열리는 큰아들의 행사를 보러 갔다가 쓰러져 뇌경색 판정을 받고 자리에 누웠다.

제 2 부

핑계도 없이 와서 이마에 손을 얹는

경행(經行)

    일용직 새들이 강으로 가는 소리 들린다 강변에 세숫물 떠다놓았다 고라니는 백사장에 벌써 발자국을 몇켤레나 벗어놓고 숲에 들었다

귀띔

길가에 핀 꽃을 꺾지 마라
꽃을 꺾었거든 손에서 버리지 마라
누가 꽃을 버렸다 해도 손가락질하지 마라

익산미륵사지서탑금제사리봉안기(益山 彌勒寺址西塔金製舍利奉安記)

절을 세우고 앞마당에 탑을 올린들 연못의 수위가 높아지 겠는지요

흔적도 없이 당신이 왔다가 가신 걸 저는 말하지 못하였 습니다 젊은 날의 햇볕은 과분하였지요

당신이 사택왕후로 오른 이후 저는 구들장처럼 납작해지 고 까매졌습니다 허공을 정으로 쪼아 구멍을 파고 꽃을 피 우는 일로 밥을 벌었지요 하나 매번 꽃받침이 먼저 흐느끼 는 통에 꽃잎은 파당파당 떨었습니다

제 눈썹을 도려내어 폐하의 창가에 초승달로 걸어두었던 걸 아시는지요 삼남의 지평선을 수거해 다림질한 이후에 침 소의 휘장으로 걸었던 것도요

전쟁이 날 때마다 소금쟁이들이 연못 위에 빗금을 그었습 니다 말발굽의 편자를 갈아 끼우는 일도 무렴하였습니다

그러다가 저는 적적하여 밤하늘 한쪽을 몰래 떼어내 솜으

로 뭉쳐 먹통에 넣었던 겁니다

돌 위에 먹줄을 튀겨 당신과 상통하는 것으로 삼을까 합니다

먹줄을 남긴들 세간의 학자들은 기둥을 세우려고 그었거니 하겠지요마는 마음 놓으세요 묵두(墨斗)는 태워 멸하였으니 당신은 허공과 나란히 불멸하시기 바랍니다 기해년 정월 스무아흐렛날

무빙(霧氷)

허공의 물기가 한밤중 순식간에 나뭇가지에 맺혀 꽃을 피우는 현상이다

중심과 변두리가 떼어져 있다가 하나로 밀착되는 기이한 연애의 방식이다

엉겨 붙었다는 말은 저속해서 당신의 온도에 맞추려는 지극한 정신의 끝이라고 해두자

멋조롱박딱정벌레가 무릎이 시리다는 기별을 보내올 것 같다

상강(霜降) 전이라도 옥양목 홑이불을 시쳐 보낼 것이니 그리 알아라

우수(雨水)

그리운 게
없어서
노루귀꽃은 앞니가
시려

바라는 게
없어서
나는 귓불이 발갛게
달아올라

내소사 뒷산에
핑계도 없이
와서

이마에 손을 얹는
먼 물소리

울진 두붓집

하룻밤 콩을 불리는 동안 너는 내내 울었겠다

숨죽인 울음이 묵었던 눈꺼풀, 설거지하던 손가락, 식은 팥죽이 담긴 그릇, 불어터진 것들은 모두 슬픈 것이라는 걸 나는 알았지만

네가 다시는 찬물에 손을 담그지 않겠다고 했을 때는 너를 설득하지 못하였다

두붓집 양철 간판을 돌아보지도 않고 너는 집을 떠났겠다 네가 탄 버스는 신작로에 바퀴자국을 남겼고 그 바퀴자국을 벗겨 나는 나를 때렸다

너의 두붓집 굴뚝 위를 바라보는 일이 몇년간 나의 직업이었고

뒤늦게 콩물과 비지를 나누는 법을 배웠다 너의 아버지는 반듯했지만 물렁해서 일찍 늙는 것 같았다 하나 나는 죽어도 김이 오르는 두부가 되지 못한다는 걸 알고 있었다

눌러야 단단해지는 것이 어디 두부뿐이랴 보고 싶다는
말 참는 동안 때로 바다를 두부처럼 칼로 자를 줄도 알게 되
었다

해변 비탈의 콩밭 칠백평 네 몫으로 남겨두라 했다

콩을 품고 있던 콩깍지의 빈방에 두부가 끓고 있다

묵란(墨蘭)

난을 치는 법을 배우려고 선생을 찾아갔다

선생은 먼저 먹을 갈아보라고 하였다

잘 늙은 소나무에 도끼로 자국을 내고 진액이 흐르도록 반년을 기다려야 합니다 나무를 쪼개 태우면 미세한 그을음이 생기는데 새의 깃털로 만든 빗자루로 조금씩 조금씩 쓸어 담지요 그리고 아교로 반죽하고 향료를 섞은 다음 반죽을 두드리고 굳게 하여 다시 연하게 두드리기를 수차례 반복합니다 그걸 틀에 넣어 굳으면 먹이 만들어지지요

한달 가까이 먹을 가는 것을 지켜보더니

선생은 운필법(運筆法)에 대해 입을 떼기 시작했다

백지에 먹물을 묻히는 일은 제국을 통치하는 일과도 같습니다 또한 그것은 아이의 입에 밥을 떠먹이는 것만큼이나 조심스러운 일이지요 맑은 물에 붓을 듬뿍 적셨다가 헝겊으로 물기를 빼낸 다음에 다시 붓 끝에 살짝 먹을 묻혀 붓을 바로 세운 뒤 눈밭 위에 첫 발자국을 찍어야 합니다

그러나 내 붓은 진흙탕에 내놓은

아이의 발바닥처럼 갈피를 잡지 못하였다

붓을 들어 화선지에 대고 처음은 가늘게 하고 조금씩 붓
끝에 힘을 가해 넓게 잎이 휘어지게 하다가 잎의 중간쯤에
서 다시 붓끝을 돌리면서 가늘게 하면 잎이 좁아지고 뒤집
히면서 묵란이 완성되지요 화선지에 먹을 묻힌다고 다 난이
되는 것은 아닙니다 흰 종이에 숨어 있던 난을 붓으로 끌어
당겨야 합니다

나는 머리가 하얗게 셀 때까지 먹을 갈았다
식음을 끊은 날도 많았다

꽃을 그려 넣지 않았는데
자고 일어나보니 이튿날 꽃대가 솟으면서 꽃이 달렸다

줄포만

바다는 오래된 벽지를 뜯듯이 껍질을 걷어내고 있었다

개펄이 오목한 볼을 실룩거리며 첫아이 가진 여자처럼 불안해서 둥그스름 배를 내밀었다

아버지는 붉은어깨도요 1664마리, 민물도요 720마리, 알락꼬리마도요 315마리에게 각각 날개를 달아주고 눈알을 닦아주었다 그들의 부리를 매섭게 갈아 허공에 띄워 올리는 일이 남았다

가을 끄트머리쯤에 포구가 폐쇄된다고 한다

아버지의 눅눅한 사타구니로 자글자글 습기가 번질 것 같다 어머니가 먼저 녹슬고 서글퍼져서 석유곤로에 냄비를 얹겠지

나는 가무락조개 빈 껍데기처럼 하얗고 얇구나 수평선을 찢을 배 한척 어디 없나

줄포시외터미널

전주 익산 군산 대야 만경 김제 부안 흥덕 고창 곰소 내소
사 격포 정읍

서울로 가는 직통버스는 없다
출구는 없고 입구만 있다

춘추식당 제일미곡상회 현대원예농업사 김밥여행 영생
지업사 삼일원예농약사 고향냉면칼국수전문 형제철물 수
정헤어라인 터미널족발치킨 줄포제일교회 부안줄포우체국
김의원 백제약국 태양슈퍼

간판 이름을 짓느라 끙끙댔을 이마와 술잔과 입씨름을 생
각했다

수수 모가지 망을 씌워야 하는디, 묻지도 않은 말을
내게 건네는 할머니는 분명 수작을 거는 거다

줄포만, 바다의 퇴적물이 근심처럼 쌓이고 있겠다

장마

창턱으로 뛰어든 빗방울의 발자국 몇개나 되나 헤아려
보자

천둥 번개 치면 소나기를 한 천오백근 끊어 와 볶는 중이
라고 하자

침묵은 입 밖으로 빠져나가지 못한 비명이거나 울음 같
은 것

가끔은 시누대숲의 습도를 재며 밥 먹는 직업이 없나 궁
리해보고

저녁에 저어새 무리가 기착지를 묻거든 줄포만 가는 이정
표를 보여주자

진천에서

백석 씨에게

　벽지 안쪽 풀 냄새 마르기 전에 당신은 경성(京城)의 오뮈
쓰로 간다 하였지요 저는 이마 끝에 돋은 솜털처럼 떨었습
니다 머리를 감고 가르마를 타고 쪽을 찌었으나 명경(明鏡)
에 비춰볼 제 얼굴을 잃었습니다 기별은 기러기들이나 주고
받는 울음소리 같은 거라 여겼지요 차령(車嶺)의 골짜기를
인두로 다림질한들 베갯잇으로 미호천을 끌어와 일없이 문
지른들 제 심사에 물기가 돌겠습니까 녹의홍상(綠衣紅裳)은
바스락거리는 볕으로도 남지 않았는데요 매년 겨울날 눈 내
리면 먼 북쪽의 산기슭에 당신의 으등등한 발자국도 찍히겠
거니 하냥 생각했지요 제 겨드랑이 읍울(悒鬱)한 몇가닥
털도 관(棺) 속에서 늙었습니다 당신의 어깨 바깥에서 몇자
적을 따름입니다

군인이 집으로 돌아간다면

군인이 집으로 돌아간다면
철모는 항아리가 되어 빗물을 받고
벗어 던진 군복은 단풍처럼 가볍게 썩어가겠지
탱크는 호미가 되고
행군은 산책이 되고
깃발은 억새꽃이 되고
사리원 지나 평양 지나 영변 방면으로
평택 지나 대전 지나 밀양 방면으로
풀씨들이 탄창을 풀고 튄다면
군인이 집으로 돌아간다면
기다리던 애인은
수백번 혼례식을 치르고
수백채 집을 지었다가 다시 짓고
수백명 아이를 낳아 숲속에 풀어놓을 거야
군인이 대문의 이마를 밀고 들어선다는
상상만 해도
어깨 펼치고 서 있던 큰 것들은 무너지겠지만
엎드리고 있던 작은 것들은 무너지지 않지
국가는 소멸해도 가족은 밥은 먹고

장강의 서사시가 찢어져도
저녁 벤치에서 연애시는 읽힐 거야
군인이 집으로 돌아간다면
길가에 술집 대신 꽃집들이 바글바글할걸
꽃들의 핏줄 속으로 강이 흐를 거니까
국경의 관절이 움직일 거니까

자두나무가 치마를 벗었다

자두나무가 치마를 벗었다고
나 혼자 생각한 거다
언니는 남자 때문에 괴롭다고 말했다
울면서 괴로운 척하는 거였다
그때 나는 자두나무가 치마를 벗었다
생각했다 아무도 언니의 괴로움에 대해
같이 괴로워해주지 않았지만
마당의 자두는 탱탱하게 익어갔다 남자 만날 때
털 빠지는 앙고라 스웨터를 입지 말라고
어떤 소설처럼 말해주고 싶었다
그러나 참았다 그건 봄이 와도 자두나무에게
한뼘도 가지를 펼치지 말라는 말과 같다
지난여름 만난 남자 친구가 아플 때
옆에서 아픈 척해준 적이 있었다 입술도
깨물었다 내가 아프지 않기 위해서였다 나는
그 애가 불쌍해서 말해버렸다
사랑한다고 나 혼자 말한 거다 그리하여
통증은 잊을 만하면 내 팬티 속에 머물다 갔다
나는 울지 않았다 자두나무가

잎을 떨어뜨리자 언니는 말수가 줄어들었다
나는 자두나무가 치마를 벗었다고
일기의 첫 문장을 쓰기 시작했다
나는 나를 기록하지 않을 작정이다
나는 나에게 아무것도 아니므로 그래서
그냥 나대로 언니에 대해 쓸 거다
자두나무가 치마를 벗었다

뒤척인다

뒤척인다 부스럭거린다 구겨지고 있다
펼쳐졌다가 돌아눕고 있다 떠돈다 가라앉았다가
풀어졌다가 뜨거워지고 있다 눅눅하다 흐르고 있다 깊어
진다
너 언제까지 이러고 살래, 엄마, 고시랑고시랑하더니
운다 서늘하다 짜깁고 있다 수수하다 드러눕는다
둘러싼다 쌓인다 다그치고 있다 스멀댄다 기어가고 있다
들이마신다 타박거린다 망설인다 쿨럭거린다 쥐어박고
있다 헐씨근거린다 올라탄다 몽그작몽그작하더니
이 나쁜 년아, 애비 없는 자식이란 말 아니? 이 씨발 년아,
미끌거린다 매슥매슥하다 뜨고 있다 추근거리는데
콩당콩당한다 띄운다 뜬다 흘러들어간다 아롱거린다
차오르고 있다 켜진다 따돌린다 떼쓰고 만지고
다짐받고 투항하고 촐랑대는데 싸르륵거린다 내린다
망해도 좋아, 날 좀 내버려둬, 작렬하고 있다 모여든다
흩어진다 뿌린다 두드러진다 더듬거린다 쿨럭이다가
다물어진다 수런댄다 미끌어지고 있다 갈망한다

62

키 작은 어른

권오삼 선생님

국민학교부터 사범학교 졸업할 때까지

늘 선두였습니다 자주 골골거리고 거기에다 입이 짧아

잘 먹지 못한 탓이었어요 형제들 다 크고 튼튼한데

나만 그러니 다들 돌연변이라고 했지요 사범학교 들어가기 전

교장이 면접을 보는데, 키 작아서 입학이 안 된다고

딱 잘라 말을 했어요 그 소리에 창피하고 분해서 변소 뒤에서

혼자 우는데 한동네 친구가 와서 달래준다며 등을 두드려주더군요

차라리 모른 척하고 있었더라면 좋은데, 우는 모습을

들키니 더 창피하고 자존심 상해서 미칠 것 같더라고요

좌우간 직원회의에서 논란이 심했다고 해요 마침 외숙모 남동생이

미술 교사여서 이 집안에 키 작은 사람 하나도 없다,

이 아이도 나중에 키가 클 것이다,라고 강변을 해서 겨우

입학이 허용되었다는 소리를 들으니 또 얼마나 수치스럽고

창피한지 죽고 싶은 심정이었어요 형제나 반 친구들로부터

너 선생 나가면 6학년 아이들한테 두들겨 맞겠다는 놀림에다

별명이 '꼬마'여서 사범학교 삼년은 내게 지옥이었어요

그래서 친구 없는 외톨이로 방구석에 처박혀 소설만 읽었지요

사범학교 2학년 때 묵호로 수학여행을 갔는데,

안내하러 나온 묵호고등학교 학생이 나를 보더니 야, 너 이쁘네, 하고

머리를 쓰다듬잖아요 속에서 불이 확 나는 거예요 지금도

그때 생각하면 기분이 아주 언짢아요 또 하루는

비 오는 날이었는데, 우의를 입고 등교하는데

옆으로 지나가던 3학년 여학생이 나를 보고 중학생인 줄 알고

야, 너 이쁘다, 하기에 정말 돌아버리겠데요

졸업 성적이 150명 중에 143등, 다들 3월에 발령이 나는데

나는 성적 때문에 8월에 발령이 났어요 그때가 1961년,

열아홉살이었는데 비로소 2차 성징이 나타나고 음모가 생기데요

아주 늦은 거죠 영덕 골짜기 학교 선생이 되어 빵게처럼

술집에 드나들며 막걸리 마시고 담배도 배우고 했더니 그때부터

키가 조금씩 자라더군요 1990년인가 동기생 모임이

63빌딩에서 있었는데 이놈들이 나를 보고 하는 소리가 너,

키 많이 컸다,었어요 짓궂은 놈은 선생 하면서 막걸리 많이 먹어서

컸구나, 하고 놀렸죠 그때 동기생들을 보니 전부 보수

꼴통 자식들이어서 그 이후 다시는 모임에 안 나갔는데,

그게 처음이자 마지막이었어요 졸업 성적이 나빠 방통대 입학도 못했죠

한번은 교장으로 퇴직한 여자 동기가 내가

1966년에 차출되어 월남전에 갔다 온 참전 용사라고 하니

깜짝 놀라데요 스무살이 넘을 때까지 나는 꼬마였으니까요

빛나야 할 소년 시절과 사춘기 시절 육년을 쪼다같이 지낸 걸

생각하면 인생 망친 것 같아 분하고 억울했죠 뭐

키 때문에 창피했고 내가 못난 놈같이 생각되어 탄식 많이 했지요

이오덕 선생님이나 권정생 형에게도 말하지 못했어요

이제는 그런 것 다 극복했으니 괜찮아요

제 3 부

작약작약 비를 맞네

식물도감

*

사무치자
막막하게 사무치자

매화꽃 피는 것처럼 내리는 눈같이

*

녹색 머플러 두르고 등교했구나
부안시장 가서 샀니?

중학교 1학년
변산바람꽃

*

노루귀만큼만 물을 마시고
노루귀만큼만 똥을 싸고
노루귀만큼만 돈을 벌자

*

편두통으로 뒤척이다가
알약 몇개로 버틴 게 틀림없다
으아리꽃 향기 한숨 뱉듯

*

내내 엎드려 있었다지
꽃다지

평생 꽃다지처럼 납작
살았다 어머니

*

호박씨 한알 묻었다

나는 대지의 곳간을 열기 위해
가까스로 땅에 열쇠를 꽂았다

*

두 눈이 있느냐
개불알풀꽃 들여다보아라

*

3월 말쯤 오너라
어머니가 나락나물이라 부르는
전주 근방에서는 벌금자리라 부르는
벼룩나물 비빔밥 해 먹자

*

산괴불주머니꽃이 지지직거린다
마당에 전기가 들어온 거다

*

김일성종합대학 캠퍼스에 살구꽃이 피었다
평양 주재 중국대사관 가는 길에 살구꽃이 피었다
보통강 강둑에도 살구꽃이 피었다

*

살구꽃 한잎
천지를 들었다가 놓는 밤이다

상상력이 봄밤을 통치하는 마을이다

*

시멘트 브로꾸 담장 안에서
진달래가 서서 울고 있다

*

봄을 떠메고 가는
송홧가루
송홧가루

*

나는 앵두꽃에 입을 맞추었다

여자가 몸을 떨었다

*

아들아,
여자 친구에게 혹여 점수 따고 싶거든
제비꽃 꽃반지 만드는 법 배워두거라

*

할아버지 무덤에서 걸어나오시었다
흰민들레 피어나시었다

*

자운영, 그 이름이 간지러워
오랫동안 곁에 두지 않았다

*

당신 잇몸에
껍질 벗긴 찔레 새순 닿으면
당신 치아에 찔레가 길어 올린 연둣빛 물줄기가 감기면
참 좋겠다

*

화살나무 새잎 따고 찔레나무 새순 꺾고 버들개지 몇 손
가락 얹고 더덕 잎사귀 두엇 제비꽃 서넛 민들레 잎 대여섯
장 보태고 골담초 꽃망울 몇 뿌리고 조물조물 기름소금에
무쳐 먹었다

*

산수유 가지에 새가 앉았다가
골똘히 무슨 생각 하더니 날아간다
꽃 이름을 몰라서 갸웃거렸을까

새야,
다음에 올 때는 식물도감 들고 오너라

*

벚꽃 진다고 아쉬워하지 말자
벚꽃 지면 아까시꽃 피니 괜찮다

*

벚꽃이 매달렸던 그 자리에
벚꽃을 잊지 않으려고
버찌가 열렸다

*

작년에 죽은 친구야,
벚나무 아래 놀던 사진 속에서는 빠져나가지 말아라

*

연두가 초록으로 넘어가기 전에,
연두의 눈에 푸르게 불이 들어오기 전에,
연두가 연두일 때,
연두가 연두였다는 것을 잊어버리기 전에,

모과꽃이 핀다

*

귀룽나무 꽃 질 때

나무 아래 물통을 갖다 놓으리
지는 꽃을 받아서
지는 꽃의 향기를 츠랑츠랑 엮으리

*

모란 잎에 편지를 써서 보내면
죽은 누나 살아와서
설거지하느라 바쁠까

*

오동꽃 핀 줄 모르고
5월이 간다

*

얼레,

발랑 까진 딸이거나
속 뒤집어진 엄마거나

산비탈 얼레지

*

둥굴레 겨드랑이에
둥굴레꽃 피었다

겨드랑이에 털 나면
너도 꽃이 된 줄 알아라

*

이층 창가에 인동초 덩굴 오를 때까지
가지 말아라
꽃 피어 내 귀를 간질일 때까지
울지 말아라

*

펼친 꽃잎
접기 아까워
작약은 종일 작약작약 비를 맞네

*

천안에서 전주를 가려면
차령터널을 통과하면서부터
밤꽃냄새군대의 저지선을 돌파해야 한다

*

함박꽃 열리기 세시간 전쯤의
꽃봉오리 주워 와서
빈 참이슬 병에 꽂아두었네

*

지리산 노고단 가서
물매화 보지 못했다면
하산하지 마시게

*

꽝꽝나무
그 작은 이파리마다
찰랑찰랑 자지러지는

붉은 달 뜬다

*

찔레꽃 피면
찔레꽃 발등에
보나 마나 뱀이 산다

*

6월에 제주 여행 가서
멀구슬나무 꽃 핀 것 보지 못했다면
김포공항으로 돌아오지 말 일이다

*

북에 피면 목란꽃
남에 피면 함박꽃

*

능소화가 피면서
악기를 창가에 걸어둘 수 있게 되었다

*

철둑길 강아지풀
기차 타러 나왔다
박용래 시인의 마을까지 가는
기차가 끊겼다

*

갯메꽃처럼 바닷가에 살자
바닷물에 발은 담그지 말고
바닷물이 모래알 만지는 소리나 들으며 살자

*

참새떼가 찔레 덤불로 스며든다

*

수크령 묶어놓고
네 발목 걸리기를
기다린 적 있었지
나 열몇살 때

*

이층 치과 창가에
능소화 입 냄새

*

길가 도랑 풀숲에 처박힌 트럭 바퀴 하나

물봉선이 귀를 대고
엿듣고 있다

*

당신은 개지꽃에 개지 아니 나온다고 썼지
나는 갯메꽃과 갯마을은 멀다고 쓴다

*

백지동맹 주도하다가 들킨 옛날 고등학생처럼
은사시나무들이 엎드려뻗쳐 자세로 단체 기합 받고 있다

*

잔디 깎다가
방아깨비 두어마리 허리도 잘랐다
그러고도 나 저녁밥 잘 먹었다

*

채송화 연립주택 입구에
점방을 차리려고
나비들이 분주하게 드나들고 있다

*

봉숭아 꽃씨는
꽃이 떠나온 집,
꽃이 돌아가야 할 무덤,
꽃의 화력발전소

*

아버지 한여름에 돌아가셔서
해마다 참비름나물에

밥을 비벼 드시게 되었다

*

왼쪽으로 감고 오르는지
오른쪽으로 감고 오르는지
다투다가 능소화는 폭염을 맞닥뜨렸다

*

후박나무 잎사귀 반짝거린다
곧 바다에 닿는다

*

까마중 익었다
여름방학 끝나간다

*

인동 꽃잎 노랗게 변하면
신혼여행 다녀왔다는 거다

*

물봉선 피는 곳에
모기 많아요

*

마타리꽃 피었다
곧 개강이다
나는 망했다

*

붉나무 잎사귀에 비가 내린다

빗소리로 조기를 굽고
빗소리로 누에를 키우고
빗소리로 쌀을 씻는다

*

고수꽃이 지고 나서
꽃자리 동그랗게 배가 부풀어 오르고 있다

요놈들 첫날밤을 다들 잘 보낸 모양이다

*

시누대 잎사귀는 빗방울 튕겨내는 솜씨가 다들 달라서
어스름이면 그리하여 잎사귀 아래로 다스리는 어둠의 농
도도 제각각 달라서

*

산수국 헛꽃 들여다보면
누군가 남기고 싶지 않은 발자국 남겨놓은 거 같아서
발소리 가벼워질 때까지 가는 것 같아서

*

튀기 위해
끈질기게 붙어 있다

강아지풀

*

참새 한마리 발톱으로 흔들리는 강아지풀 줄기를 잡아 누
르고
또 한마리가 부리로 강아지풀 끝자락을 거머잡으니까
참새떼가 우르르 날아왔다

강아지풀 씨앗들 부리나케 참새의 입속으로 뛰어들어갔다

*

전주 향교 은행나무 밑둥치에
은행나무도 보습학원을 차렸다

*

오동나무가 던져주니 감나무가 받는다
감나무가 던져주니 가죽나무가 받는다
가죽나무가 던져주니 또 살구나무가 받는다

까치 한마리를
받는다

*

화암사 뒷산 단풍 나 혼자 못 보겠다
당신도 여기 와서 같이 죽자

*

바랭이풀은 몸에서 씨앗들 다 떼어낼 때까지 버텼다
서리 내리자 과감하게
무릎 꿇었다

*

백두산 천지 갔다가 구절초 씨앗 몇 받아 왔다
박성우 시인에게 주었더니
기어이 모종판에 묻었다 한다

*

눈이 내리기 시작하자
일제히 고개 돌려 눈 내리는 걸 바라보는 억새들

*

꽃무릇 이파리 저마다 푸른 치마를 펼치고
내리는 눈을 받는다

*

먹쿠슬낭 열매
자랑자랑

*

더이상 시큰거리지 않게
미나리는 발목을 얼음장 속에 넣었다

*

나무의 정부에서는
금강소나무가 대통령이다

*

두릅 새순 위에 진눈깨비, 진눈깨비
맨발로 다니다가

가시에 찔릴라

*

복수초에게도
설산이 있었지

*

이름에 매달릴 거 없다
알아도 꽃이고 몰라도 꽃이다
알면 아는 대로
모르면 모르는 대로

평지를 순례하다

김종훈

삶과 시의 차이를 높낮이로 인식하는 경우가 있다. 지상에 발을 딛되 멀고 높은 곳에 눈길을 두는 이들은 자신의 말하나하나에 고양되고 싶은 의지를 투사하며 삶을 시적 상태로 들어 올리거나, 저 너머에 있는 시적 상태를 삶의 현장으로 끌어내려 둘의 만남을 도모한다. 우리는 이들을 낭만주의자라 부른다. 삶과 시의 차이를 인정하되 이 둘을 나란히 상정한다는 점에서 안도현은 온전한 낭만주의자라 부르기힘들다. 그의 시에서는 삶과 시의 높낮이가 심하더라도 충분히 평탄화할 수 있다는 믿음을 자주 볼 수 있다. 공통의 맥락이건 개인의 맥락이건 삶은 안도현 시의 자양분으로 꾸준히 제공되었고, 삶과 시의 경계는 또한 변화와 보완을 거듭해왔다. 그런데 이번 시집에서 엿보이는 시인의 고심도 여기에서 비롯한 것 같다. 과연 삶과 시의 경계는 있는 것인가.

삶을 시로 개간하는 작업은 어떤 의미가 있는가. 같은 일을 오래 하자 그 일에 대한 근원적 회의가 일어난 듯싶다. 경계의 교란이나 재편보다는 경계의 유무가 문제시되는 상황이다.

시인은 그간의 작업을 전적으로 부정하는 것은 아니지만 전적으로 신뢰하지도 못하겠다는 뜻의 말을 시집 여기저기에 남겼다. "꽃밭과 꽃밭 아닌 것의 경계는 다 소용없는 것이기는 하지만/경계를 그은 다음에 꽃밭 치장에 나서는 것도 나쁘지 않은 일이라고 결론을 내렸어라"(「꽃밭의 경계」)를 보자. 지금까지 경계를 그어왔던 일을 존중하겠지만, 이와 같은 '결론'이 최선이 아닌 차선이라는 것을 유보적인 태도를 내비치며 분명히 밝힌다. 지금까지의 신념에 균열이 일어난 것이다. "꽃밭과 꽃밭 아닌 것"의 구분에는 '나와 나 아닌 것' '여기와 여기 아닌 곳'의 구분과 더불어 삶과 시의 경계에 대한 사유까지 포함한다. 이 시의 도입부를 살펴보자.

　　꽃밭을 일구려고 괭이로 땅의 이마를 때리다가
　　날 끝에 불꽃이 울던 저녁도 있었어라

　　꽃밭과 꽃밭 아닌 것의 경계로 삼으려고 돌을 주우러 다닐 때
　　계곡이 나타나면 차를 세우고 공사장을 지나갈 때면 목 빼고 기웃거리고 쓰러지는 남의 집 뒷박만 한 주춧돌에도

눈독을 들였어라

──「꽃밭의 경계」 부분

"꽃밭을 일구려고 괭이로 땅의 이마를 때리다"보면 "날 끝에 불꽃이 울"기도 했다. 시를 쓰다보면 점화가 일어나는 순간이 오기도 한다. 꽃밭 일구기와 시 쓰기가 포개지는 과정에서 삶과 시의 경계를 긋는 주체가 시인 자신이며, 언 땅을 파내는 괭이질처럼 어렵고 고독한 노동이 시 쓰기라는 점이 강조된다. 시인은 자신의 작업을 노동으로 인식하며 이를 삶의 영역에서 예술의 영역으로 전유한다. 우연을 필연에, 수동성을 능동성에 포함하는 일이 이와 같다. 모든 개별 사건에 필연성을 부여하는 능동적이고도 주체적인 시 쓰기는 지금까지 안도현이 유지해온 방식이었다.

인용시에서 시인은 제 꽃밭을 가꾸기 위해 '남의 집 주춧돌'을 욕심내지 않았는지 반성한다. 사회적 관계 속에서 일어난 마찰의 이유를 캐묻는 일은 윤리학의 문제에 해당한다. 그런데 실제 중요하게 묻는 것은 "꽃밭과 꽃밭 아닌 것"의 정체와 경계이다. 불꽃이 일어나는 일과 꽃밭의 경계 긋기는 필요충분조건이었는가. 시 쓰기를 '노동'으로 인식하면서 '너머'의 세계를 외면한 것은 아닌지, 필연을 강조하다가 우연의 가능성을 차단한 것은 아닌지에 대한 성찰도 이 질문에 포함된다. 시집 전체를 아우르는 이 화두는 인식론과 존재론에 해당한다.

1914년 철길이 놓인 이후
철둑이 생겼고 철둑 너머를 둑 너머,라고 불렀겠지
너머, 꾀죄죄한 여기가 아닌 거기,
너머, 여기에 없는 게 반드시 있는 거기,
너머, 갔다 왔으나 갔다 왔다고 말하는 사람 없는 거기,
너머, 어제 지나칠 때 걸음이 빨라지던 거기

너머를 넘는 일은
어두워져야 가능했어
밤새 객실 칸칸마다 홍등을 달아놓은 유람선 같았지
어깨 낮추고 바지에 손 찔러 넣고 귓등에 싸락눈 받으며
사내들이 돌아오던 저녁이 있었어

(…)

지금 전라선 기차는 지붕을 타고 달리지 않는다
전주역 자리에 전주시청이 들어선 이후에도
아직 유람선은 출항하지 않고 있다

———「너머」 부분

 '철길'이라는 경계 안쪽에서 시인은 '너머'를 호명한다.
"꾀죄죄한 여기"에서 추정컨대 '거기'는 화려할 것 같다. 그

리고 거기에는 "여기에 없는 게 반드시" 있을 것 같고, 갔다 온 누구도 갔다 왔다고 말하지 않으니 말로 표현하기 힘든 신성한 것이 있을 것 같다. 그러나 전주역 "뚝 너머"로 불리던 그곳은 유곽 '선미촌'이다. 홍등으로 누추를 가리고, 환락과 절망이 '반드시' 공존하며, 말로 표현하기 힘든 수치가 있는 곳이 '너머'이다. "청춘의 고해소"와 "밤의 푸줏간"과 "어둡고 우울한 꽃밭"이 "1914년 철길이 놓인 이후" 거기에 있다. 너머의 세계는 시인에게 역사의 건너편에 있는 이상향이 아니라 역사의 산물이며, 우연히 마주치는 곳이 아니라 일부러 찾아가는 곳이다. 그가 적고 싶었던 그 세계의 실체는 켜켜이 누적된 역사의 그늘이다.

여태껏 유람선이 출항하지 않고 있는 까닭도 이와 관련된다. 칸칸이 매달린 홍등에서 객실을 여러개 둔 유람선을 연상한 것인데, 실제 '뚝 너머'는 꿈을 이루기 위해 출사표를 던지는 곳이라기보다는 욕망을 배출하거나 폐기하던 곳이다. 수치의 기억이 희망찬 배를 에워쌌다. 출항이 지연되었다는 소식을 알리듯 그곳의 홍등은 '어두워져야' 켜진다. 누추한 역사가 출항을 저지한다. 닿고자 했던 '너머'의 세계가 남루한 '여기'였고, '치장했던' 경계 안의 세계가 경계 밖의 거친 현실이었다. 안과 밖의 구분이 모호한 것이다.

그릇에는 자잘한 빗금들이 서로 내통하듯 뻗어 있었다
빗금 사이에는 때가 끼어 있었다

빗금의 때가 그릇의 내부를 껴안고 있었다

버릴 수 없는 내 허물이
나라는 그릇이란 걸 알게 되었다
그동안 금이 가 있었는데 나는 멀쩡한 것처럼 행세했다
—「그릇」 부분

포클레인 기사가 와서 흙무더기를 퍼내고 나서야 가까스로 허공이 땅속에 숨어 있었다는 걸 알았고요 내가 발자국 새기며 걷던 자리가 바로 허공의 둘레였다는 것도 뒤늦게 알았지요 그 둘레는 하물며 날카로웠어요

(⋯)

누구나 흉중에 언덕과 골짜기와 연못의 심상이 있을 겁니다만 그동안 고심이 깊어 나한테 그 어떤 선물 한번 하지 않고 살았어요 당신의 숨소리를 받아 내 호흡으로 삼을 수 있다면 세상의 풍문에 귀를 닫고 실로 슬프지도 기쁘지도 않게 찰랑거릴 수 있다면 나는 그걸 연못의 감정이라고 부를까 해요

—「연못을 들이다」 부분

「그릇」에서 진술의 두 축 "빗금의 때가 그릇의 내부를 껴안고 있었다"와 "버릴 수 없는 내 허물이/나라는 그릇"은 모두 인식의 전환 과정을 보여준다. 매개는 그릇 둘레에 난 빗

금이다. 빗금으로 인해 그릇은 음식을 담는 도구가 아니라 무늬를 지닌 존재로 주목받고, 둘레는 안과 밖의 소통 과정에서 생긴 상처로 인식된다. 화자가 자신에게 난 내면의 균열을 도외시한 채 "멀쩡한 것처럼 행세"해온 것을 자성하는 까닭이 이와 관련된다. 생략한 앞부분 "나는 둘레를 얻었고/ 그릇은 나를 얻었다"에서 나타나듯 '나'와 그릇이 동일시되었기 때문이다.

삶과 시의 경계에 회의가 들고 그 사이에서 소모되는 자기 자신을 발견해도 시인은 경계를 긋고 안쪽을 보살핀다. 안과 밖의 구분이 부질없다고 하더라도 그 부질없음을 느끼기 위해 경계를 그어야 한다는 것이다. 「연못을 들이다」에서는 마당에 연못을 들이려 포클레인으로 흙을 퍼내자 둘레와 깊이가 생기는 일화가 소개된다. 시인은 이 작업 끝에 "허공이 땅속에 숨어 있었다는" 것과 "내가 발자국 새기며 걷던 자리가 바로 허공의 둘레였다는 것"을 깨닫는다. 그릇이건 연못이건 깊이를 확보한 경계에서도 그는 삶과 시, 안과 밖, 자신과 타인의 소통을 거듭해서 시도한다. "당신의 숨소리를 받아 내 호흡으로 삼"는 일이 곧 "연못의 감정"으로 승화한다. 타인에게서 흘러들어온 물이 채워져 평지와 수평을 맞춘 셈이다.

매화는 방 안에서 피고
바깥에는 눈이 내리고

어머니는 쪼그리고 앉아 있었다

나는 바닥에 엎드려 시를 읽고 있었다
누이야, 이렇게 시작하는 시를 한편 쓰면
어머니가 좋아하실 것 같았다
가출한 아버지는 삼십년 넘게 돌아오지 않았고
그래서 어머니는 딸을 낳지 못했다

(…)

매화는 무릎이 시큰거린다고 했다
동생들은 관절염에는 수술이 최고라고 말했고
저릿저릿한 형광등이 매화의 환부를 내려다보았고
환부가 우리를 키웠다는 데 모두 동의했다

누이야, 이렇게 시작하는 시를 쓰면
우리 애들과 조카들이 좋아할 것 같았다
고모가 생겼으니 고모부도 생기고
고종사촌도 생기니 좋을 것 같았다
그러나 어머니는 자궁을 꺼내 내다버렸고
시는 한줄도 내게 오지 않았다

저녁이 절룩거리며 오고 있었다

술상에는 소고기육회와 문어숙회가 차려졌고
우리는 소주를 어두운 배 속으로 삼켰다
폐허가 온전한 거처였다
누구도 폐허에서 빠져나가지 않았다

　　　　　　　　　　　　　　　—「안동」 부분

「안동」에서는 시인이 그간 추구했던 '시적인 것'의 구체적인 모습이 '누이'와 '매화'를 통해 나타난다. '누이야'로 시작하는 시가 있었으면 좋겠다는 바람대로 시 한편이 탄생했다. 누이는 보통 가족의 기억을 공유하면서 같은 여성으로 어머니의 몸과 마음을 섬세하게 헤아릴 수 있는 이다. 그 덕에 화자는 엎드려 시를 쓸 수 있었을 것이다. 하지만 누이는 가상의 인물이다. 화자에게는 살갑게 유년의 기억을 나눌 이가, 어머니에게는 친구 노릇을 한다는 장성한 딸이, 아이들에게는 정겹게 맞아줄 친척 어른 한명이 사라지면서 시의 밑천이기도 한 가족의 기억 또한 건조하고 빈약해졌다. "자궁을 꺼내 내다버"린 아픔에 주목해보자. 시를 쓴 아들은 "환부가 우리를 키웠다"나 "폐허가 온전한 거처였다" 등의 수사를 통해 어머니의 아픔을 헤아린다. 그의 말은 의미를 확장하는 대신 추상화된다. 누이는 아직 그 아픔을 겪지 못했지만 어머니와 동성이기 때문에 언젠가 체험할지도 모른다. 같은 여성으로서 어머니의 아픔을 간접적이지만 육체적으로 흡수할 수 있는 것이다. 있으면 기쁨을 더하고 슬픔을 나눌 수 있지만 없다는 것을 자각하면 더욱 고독해지는 것이 시인에게는 '누이'이다. '시'도 그렇다.

'매화'도 어머니를 경유하며 '시적인 것'을 환기한다. 어머니와 매화가 등장하는 방 안의 첫 장면에 주목하면 이 둘은 별개처럼 보이지만 이후 매화가 무릎이 아프다고 한 것으로 미루어보아 차츰 동일시된다고 할 수 있다. 사실 매화의 화사한 이미지는 환부의 모습이나 폐허의 의미를 선명히 하는 데 크게 도움이 되지 않는다. 어둠을 밝힐 한줄기 희망으로 여기기에는 가족들이 그 폐허에서 누구도 빠져나가지 않으려 해서 무리가 따른다. 어머니의 의미와 어긋나는 지점이 있는 것이다. 어머니와 포개지지 않은 나머지 의미는 시인이 젊은 날 엎드려 읽던 시, 또는 어머니가 자궁을 들어낸 뒤 한줄도 오지 않던 시를 환기한다. "누이야, 이렇게 시작하는 시를 쓰면/우리 애들과 조카들이 좋아할 것 같았다"라는 구절을 보자. 있으면 좋지만 없어서 아쉬운 것은 누이로 시작하는 시이면서 동시에 개화한 매화이다. '매화'는 현실의 남루를, 어머니의 환부를 덮을 수 있다는 믿음으로 피었다. 이렇게 삶과 시는 나란히 있으면서 서로 넘나들며 소통한다.

일용직 새들이 강으로 가는 소리 들린다 강변에 세숫물 떠다놓았다 고라니는 백사장에 벌써 발자국을 몇켤레나 벗어놓고 숲에 들었다

—「경행(經行)」 전문

「경행」은 짧은 길이 안에 삶과 시의 중층적 관계를 압축해서 보여준다. 참선 중의 휴식 시간이 '경행'이다. 백사장에서 벌어지는 일을 휴식에 견줄 수 있다면, 백사장을 떠나 도착한 곳에서의 시간은 참선에 견줄 수 있을 것이다. 백사장에 있던 일용직 새들은 강으로 가 다시 일을 시작하고, 고라니는 백사장에서 잠시 쉬었다가 숲으로 들어간다. '일용직'이라든가 '세숫물'과 같은, 전원 풍경에 어울리지 않는 말은 시를 비범하게 하는 데 기여하는데, 일용직 새들이 왔다고 하지만 정작 무슨 일을 했는지에 대해서는 정보를 제공하지 않는다. 다만 일용직이라 했으니 노동을 마쳤으리라 짐작하고, 강을 세숫물이라 했으니 휴식을 취하는 것이라 짐작해본다. 시선은 백사장에 계속 머물러 있다.

　숲에서 무엇을 하는지도 알 길이 없다. 참선의 장소와 시간과 내용은 불문에 부쳐졌다. 새들이 강으로 가는 소리가 들리고, 백사장에 찍힌 고라니의 발자국이 보일 뿐이다. 휴식 시간은 문면에 남아 있고 저 너머의 세계는, 언어가 닿지 못하는 세계를 언어로 환기하는 참선이 그러하듯, 실체를 드러내지 않는다. 일용직 노동은 백사장에 오기 전에 한 일이고, 숲속의 참선은 백사장을 떠난 후에 한 일이다. 노동과 참선이 선후 관계에 따라 나뉘었다. 새들이 백사장에서 고라니와 만나듯, 노동과 삶은 휴식 시간에 시와 참선과 만난다. 강의 수면과 가장 가까운 높이를 지닌 백사장은 참선과 노동의 경계이기도 하다.

안도현의 시는 지금까지 삶의 영역 중에서도 노동에 젖줄을 댔다. 앞에서도 꽃밭을 일구는 과정에서 '괭이'를 빠뜨리지 않았으며, 연못을 들이는 일에서 '포클레인' 작업을 부연했다. 또한 외유내강의 예로 "불에 달구어질 때부터 자신을 녹이거나 오그려 겸손하게 내면을 다스렸을"(「호미」) 호미를 들었다. 시인은 '전봉준' 같은 역사적이고 상징적인 인물에 주목한 때도 있었고, '모닥불' 같은 사회적 약자들의 모습에 주목한 때도 있었다. 앞의 대상들이 '높은'이라면 뒤의 대상들은 '낮은'이다. 높고 낮은 상징들을 평탄화하고, 시적인 것으로 가꾸고, 끝내 시의 영역을 넓히는 일이 백사장에서 일어난다. 그런데 이번 시집의 백사장에 새로운 성질의 것이 추가되었다.

1939년 일본 구로사키에서 조선인 노무자 임돌암과 최도홍 사이 4남 1녀 중 둘째로 태어났다.

1942년(4세) 인형을 들고 한장의 사진을 찍었다. 그때 친구들이 '고코짱 아소부야(홍교야 놀자)'라고 불렀다.

(…)

2018년(80세) 손녀 유경의 결혼을 앞두고 현금 천만원을 내밀어 온 가족을 울게 만들었다. 가족 이외에는 뭘 나눠주는 데 매우 인색하였다. 안동에서 팔순 잔치를 열었다.

2019년(81세) 8월 용궁면에서 열리는 큰아들의 행사를 보러 갔다가 쓰러져 뇌경색 판정을 받고 자리에 누웠다.

— 「임홍교 여사 약전」 부분

다섯째 막내 고모 안음전(安音傳)은 1932년 임신생이다. 예천 보문면 편달 윤종영에게 시집을 가서 편달고모라 불렀다. 택호는 파평 윤씨 집성촌에서 지산댁으로 불렸다고 한다. 고모부 댁은 나락을 해마다 예순석 넘게 생산할 정도로 집안이 넉넉했고, 이장을 오래 맡던 고모부는 처가의 대소사에 오면 불콰한 얼굴로 일을 잘 거들었다. 우리 아버지 돌아가셨을 때 상여도 살피고 만장 쓰는 일도 손수 하였다. 고모는 슬하에 3남 5녀를 두었으나 둘째 아들이 고등학생 때 내성천에서 익사하고 말아 그 한을 평생 품고 살았다. 지금은 딸 둘이 교사 생활을 하고 있다. 꼬부랑 할머니가 다 되셨다는데 얼굴을 뵌 지 오래되었다.

— 「고모」 부분

「임홍교 여사 약전」은 "큰아들의 행사를 보러 갔다가 쓰러져 뇌경색 판정을 받고 자리에 누"운 어머니에 대한 시이고, 「고모」는 "둘째 아들이 고등학생 때 내성천에서 익사하고 말아 그 한을 평생 품고 살았"던 막내 고모 등 다섯 고모에 대한 시이다. 안도현은 이번 시집에서 특별히 둘레 사람들에게 초점을 둔다. 이들은 예술적 대상이라기보다는 나날의 삶에서 맞닥뜨리는 인물이다. 평탄화 작업 이후 시의 세계에 초대한 이들은 거대한 상징인 전봉준이 아니며, 사소하고 소외된 대상인 모닥불 속 땔감도 아니다. 높거나 낮은 데에서 형성된 상징의 외피를 벗고 이들은 그 자리에서 있는 그대로의 모습을 보여준다.

말을 제련하는 과정에서 간혹 시적 힘이 빠졌던 것을 경계하는 듯, 아니 삶의 힘이 곧 시의 힘이라는 듯, 이들의 사연은 약전이나 약력의 형식 속에서 건조하게 소개되어 있다. 그럼에도 위의 시들이 사실의 더미를 벗어나는 힘을 발휘하는 까닭은 그 말을 꾸미는 수사에 있다기보다는 사실들이 엮어낸 서사에 있을 것이다. 가까이에서 오래 지켜보았기 때문에 그들의 역사가 지닌 시적 힘을 시인은 발견했고 신뢰했을 것이다. 경계에 대한 회의를 그는 둘레 세계에 주목하며 극복하고자 했다.

이들의 기록을 작성하는 데 쓰인 힘은 구심력과 원심력이다. 기존의 시적 영역으로 끌어들이는 힘에 맞서 그 영역을 이탈하려는 힘의 긴장이 그 자리를 지키게 한 것인데, 각자 놓인 자리와 그 자리에 놓인 자들의 역사가 시적 힘을 발휘한다는 믿음이 없다면 불가능한 일이다. 소통 과정에서 입은 상처가 기존의 방식에 반성을 불러일으키는 한편, 스러져가는 대상의 상황 또한 다른 시적 방식을 모색하게 했던 것 같다. 어머니는 지금 "뇌경색 판정을 받고 자리에 누웠다". 고모들은 곡절 많은 사연을 안고 일찍 돌아가셨거나 치매를 앓고 있거나 "얼굴을 뵌 지 오래"된 상태이다. 이별을 생각할 때가 온 것이다. 시인이 선택한 일은 이들의 삶을 시적 관례에 맞춰 표현하는 것이 아니었다. 이들의 삶 자체가 지닌 시적 힘을 믿고 언어로 받아들이는 것이었다. 이때 필요한 것은 비유나 상징이 아니라 육하원칙에 맞춘 정확한 정보 제공이었다.

나무의 정부에서는
금강소나무가 대통령이다

*

두릅 새순 위에 진눈깨비, 진눈깨비
맨발로 다니다가
가시에 찔릴라

*

복수초에게도
설산이 있었지

*

이름에 매달릴 거 없다

알아도 꽃이고 몰라도 꽃이다
알면 아는 대로
모르면 모르는 대로

       ——「식물도감」부분

 시집을 닫는 시 「식물도감」도 시적 대상을 '약전'처럼 다룬다. 계절의 변화에 따라 여러 식물이 등장하고 퇴장하는데, 순서에 맞춰 개인적인 사연과 그에 대한 감응이 뒤따른다. 살과 뼈대로 이들을 나눌 수 있을 것 같지만 실제로는 이들의 의미는 얽혀 있다. 경계가 어디인지, 안과 밖 그리고 살과 뼈대를 구분하는 일은 어렵다. 분명한 것은 '나무의 정부'에서 대통령인 '금강소나무'의 계보를 작성하기보다는 정부 구성원의 모습을 기록했다는 점이다.

 마침내 도감 제작 과정 끝에 시인이 다다른 곳은 모든 식물이 숨죽이는 '설산'이다. 눈은 지상의 모든 경계를 지운 것처럼 보인다. 어떤 것도 변별되지 않는 상태에서 시인은 "이름에 매달릴 거 없다"고 말한다. 피고 지는 것들의 도감을 작성하더니, 이제는 "이름에 매달릴 거 없다"는 것이다. "알아도 꽃이고 몰라도 꽃"이기 때문에 그러하다. 꽃은 앎과 모름의 경계 바깥에서 유유히 피고 진다. 사물에 닿지 못하는 말의 한계를 인식하자 시인은 사물에 깃든 시적 힘을 호명했다. 그의 '약전'과 '도감'이 특별한 정서를 불러일으키는 것은 공동체 안의 개별성을 존중하는 방식으로 언어를

활용했기 때문은 아닐까.

개별 대상들이 생성하고 스러진 자리를 찾아다니는 이가 안도현이다. 높은 곳을 낮추고 낮은 곳을 높이자 둘레 삶의 역사가 예술의 기원이 되었다. 그는 시적인 것을 수집하기보다는 방문하고 기록한다. 시적 힘이 무엇인지, 내면의 균열은 어떻게 치유할 수 있는지 회의 섞인 질문이 찾아왔을 때 그가 도달한 곳이 여기이다. 너머의 세계에서 찾아오는 시적 불꽃을 맞이하기 위해 가장 비시적으로 보일 법한 작업을 수행해온 것이다. 시적 우연을 맞이하기 위해 둘레의 삶에 필연성을 부여한 그의 시적 작업을 우리는 '평지 순례'라 말할 수 있을 것이다. 그는 둘레 세계의 스러지는 대상을 일일이 방문하여 거기에 깃든 신성함을 기록한다. 경계에서 입은 상처가 시적 영역을 다른 방식으로 확장했다. 그 영역에 독자의 삶도 포함될 것이다.

金鍾勳 | 문학평론가

8년 만에 시집을 낸다. 강가에 이삿짐을 푸느라 발목이 붉어졌다.

갈수록 내가 시를 쓰는 사람이 아닌 것 같다. 나는 누군가 불러주는 것을 받아 적고 그가 말하고 싶은 것을 대신 말하는 사람일 뿐, 내가 정작 말할 수 있는 것은 없다는 걸 깨닫는다. 대체로 무지몽매한 자일수록 시로 무엇을 말하겠다고 팔을 걷어붙인다.

돌담을 쌓고 나니 팔꿈치에 통증이 가시질 않는다. 사람의 입장에서 보면 통증이 병이지만 몸의 입장에서는 통증도 새로 생긴 식솔이다. 돌을 주워 상자에 담는 일과 풀을 뽑아

거머쥐는 일과 새소리를 듣고 귀에 담아두는 일에 더 매진
해야겠다. 손톱에 때가 끼고 귓등에 새털이 내려앉으리라.

　나무는 그 어떤 감각의 쇄신도 없이 뿌리를 내리지 않는다.

2020년 9월

안도현

창비시선 449

능소화가 피면서
악기를 창가에 걸어둘 수 있게 되었다

초판 1쇄 발행 / 2020년 9월 25일
초판 8쇄 발행 / 2024년 8월 12일

지은이 / 안도현
펴낸이 / 염종선
책임편집 / 박지영 박문수
조판 / 한향림
펴낸곳 / (주)창비
등록 / 1986년 8월 5일 제85호
주소 / 10881 경기도 파주시 회동길 184
전화 / 031-955-3333
팩시밀리 / 영업 031-955-3399 편집 031-955-3400
홈페이지 / www.changbi.com
전자우편 / lit@changbi.com

ⓒ 안도현 2020
ISBN 978-89-364-2449-7 03810